落人

Sekiya Kyoko

関谷恭子句集

ふらんす堂

濁らない水

関谷恭子さんは渡辺純枝さんの秘蔵っ子の弟子である。早くからその才能に気づき、吟行にもよく連れ出したと聞く。純枝さんにはシャーマンのようなところがあるので、その直感はたぶん正しい。その純枝さんから主宰誌「濃美」の同人作品評を依頼されたのも託宣のようなものか。二〇二二、二三年と第二同人欄の作品評を担当したところ、結果として恭子さんの句をほぼ毎月一席に選んでいた。

＊

句集稿を読み、出合う以前の恭子さんの句を知った。こんなおもしろい句がある。

軽トラの荷台に乗つてみたき春
新巻とわかる長さの荷の届く
野遊びの靴のじんわり湿りくる
有明の月のてろんと剝がれさう
嘴から突つ込んでゆく茂りかな
着ぐるみの口から巷見る師走

〈軽トラ〉と〈新巻〉の句に心の弾みが感じられる。「おてんば」とか「おきゃん」とか、そんな少女の心が思い浮かんだ。〈靴〉と〈有明の月〉を描く擬態語にも無敵の少女らしさがある。〈野遊び〉や〈有明の月〉の訳知り顔の情趣に対し、恭子さんは「王様は裸だ」と異議を唱えずにはいられない。鳥の群れを先導する一羽が、未知の世界に〈突つ込んでゆく〉景に見入るかと思えば、〈着ぐるみの口〉からのぞく目に気づき、そこから見える世界を想像する。

これら一物仕立ての「おてんば」ぶり、いわば運動部系の句のほかに、取り合わせの恭子さんの句がある。落ち着きがあり端正な姿をしている。「おてんば」とは逆に、階段の踊り場でフルートの練習をしたり、美術室でキャンバスと向き合ったりする文化部系の句とでも呼んでおこうか。

フェルトに沈む文鎮花の冷
高きよりはらはらと塩夏立ちぬ
雪平にふつふつと粥小鳥来る
火恋し戯曲に美しき台詞満ち
母に手を引かれて遅刻寒すみれ

柔／温の〈フェルト〉と剛／冷の〈文鎮〉が触れ合うと、柔／冷の季語〈花の冷〉が現れる。メンデルの法則だ。料理人の指先を離れて落ちる〈塩〉の光の粒が、夏の風に揺らぐ。白雲のように〈粥〉が煮え立てば、そこから〈小鳥〉が湧いてくる。古い〈戯曲〉の中で再び発声される日を待つ〈台詞〉は、凍えて身を寄せ合っている。温かい〈手〉を握り、行き渋る学校の門をくぐると、小さな〈寒すみれ〉がいつも待っていた。

大胆と繊細、外向と内向、身体行動と沈思黙考。それら二つの極をしなやかに往き来し、俳句を始めるとすぐに恭子さんは見晴らしのいい場所に出ることができた。その視界はとてもすっきりしている。一例を挙げれば、全句に前書きがない。まるで景観を守るために電柱を撤去した街のようだ。自分にとって大切な人、日付、場所との絆を記しておく前書きは、ごちゃごちゃと空を覆う電線みたい。恭子さんはそう考えているのかもしれない。

＊

恭子さん本人について私が知っていることは皆無に近い。「あとがき」や「著者略歴」を読んでもよくわからない。だが、ほぼ唯一の情報として明かされた「落人」の末裔というアイデンティティに、思わず膝を打った。自分を語らない恭子さんの俳句に何とも似つかわしい。そこに暮らすことを誰にも知られぬよう息を潜めて生きてきた人々。生活の痕跡を示す音や煙はもちろん、川の濁りさえ恐れつつ暮らしてきた人々。その「落人」の血が恭子さんの俳句には流れている。いや、そもそも俳句という文芸は、自分の生きた証を、遠慮がちに今生に残す手段ではなかったのか。夜陰に紛れて、「落人」が下流に流す一枚の葉っぱのように。
前述したとおり、私はこの二年あまり恭子さんの句について毎月語り続けた。無口で静かな俳句の、そのよさのありかを説明するのが毎月の楽しみとなった。いま、いくつかの句についてもう一度たどり直してみる。

柵の外に繋ぐ一頭はだれ雪
画壇には属さぬと言ふ春火鉢
入線の灯の現るる駅おぼろ
襞といふ濃く深きもの春思にも

路傍の残雪を見ながら馬とともに旅立つのか。それとも、手塩にかけて育てた牛との別れに春雪が舞うのか。大きな省略から全く別のドラマが始まるのがおもしろい。一人芝居の小道具のように〈春火鉢〉一つが置かれただけで、老画家の頑固そうな顔付きが見えてくる。〈灯〉がぼんやりと闇に浮かびホームに列車が入ってくると、旅人はおもむろに鞄を手にとる。着物にせよ肉体にせよ、〈襞〉とは実に艶っぽい。〈春思〉にも妖艶さが及ぶ。

梅花藻の花なきところ水を汲む
縮着て明るき闇へ夫の背
漁舟ヨットレースを遠巻きに
次の皿しづかに待ちぬ夏料理

〈梅花藻の花〉が辺りの〈水〉を濁す。その濁りを避けて〈水を汲む〉、と読んでみたらどうだろう。どんなに可憐な花であっても命とはそういうもの。〈明るき闇〉とは花街なのか。〈夫の背〉を刺す妻の視線を感じる。華やかな〈ヨットレース〉の沖には、ふだんどおり操業する〈漁舟〉の日常がある。〈次の皿〉までの静寂を埋めるのは、かすかに届くせせらぎの音。

新涼や鉱泉粥の塩気ほど
眠れぬと言うて安らか鉦叩
抽斗の奥に抽斗柞の実
白湯吹けば言葉ほぐるる思草

〈鉱泉〉は音の響きからして硬質で無機質。その〈鉱泉〉に含まれるミネラルの滋味にほんのりと〈塩気〉が混じる。〈新涼〉もそれくらい微かなもの。〈安らか〉な不眠とは奇妙に聞こえる。そこにはきっと、〈眠れぬ〉という呟きに肯いてくれる誰かがいるのだ。仮に全人類が熟睡していたとしても、自分のすぐ隣に不眠の同志がいる。振れば明るい音のする〈柞の実〉にも、隠し抽斗のようにとんでもない秘密が隠されているのかも。考えごとをする〈思草〉とは恭子さん自身か。澄んだ〈白湯〉が〈言葉〉をほぐし、俳句のかたちに整える。

乾ぶもの十一月の軒の端に
経文の流るるごとく冬の滝
人日の受賞者を待つリボンかな
除雪車の響きゐてまだ見えて来ず

細見綾子の「峠見ゆ十一月のむなしさに」と重なる八音に恭子さんのいたずら心を感じる。夏の滝ならば、轟音が念仏や調伏の祈祷に聞こえるだろう。そのときの〈経文〉は音。だが〈冬の滝〉には、涸れて細々と岩肌を伝う一条の水があるばかり。街角のビルの電光ニュースのように、文字としての〈経文〉が上から下へと流れ落ちる。美しくも不思議な光景だ。〈人日〉の授賞式ならばめでたさもひとしお。受付に用意された〈リボン〉もうきうきしている。吹雪の中に〈除雪車〉の音が聞こえる。ところが、これで救われたと待っていてもなかなか現れない。幻なのか。

＊

幻なのか。道に迷って山の中を歩き続けたら、急に視界が開けた。地図にない集落があり、名前のない人々がひっそりと暮らしている。そうやって私は恭子さんの俳句と出合い、その声を聞いた。読者のみなさんの耳にも、恭子さんの声が届くだろう。その俳句に出合えるだろう。

令和六年立春

加藤かな文

目次／落人

濁らない水・加藤かな文

句集

落人

草朧

二〇一〇〜二〇一四

料峭や玉を銜へし三狐神

宇治橋を長きと思ふ伊勢参

鳥雲に薄墨色の虫籠窓

啓蟄や小窓隔てて買ふ切符

亀鳴くや鬢付け油匂ふ小路

鳥雲に入る蔵出しの白磁壺

軽トラの荷台に乗つてみたき春

生れたての蝶いつしんに翅ひろぐ

湖沿ひの家に灯ともり草朧
桜見てゐる若き日を見るやうに

村人はみな桜守峡十戸

淡墨の桜太古のちから瘤

人込みを離れてよりの花疲れ
昼暗く桜蘂降る仁王門

どこまでも山分け入りて暮の春

荷風忌や洋書手に取る蚤の市

行く春や先の潰れしトウシューズ

雨つぶの数だけ水輪青蛙

ぽつねんと雨音を聴く釣忍
滴りの岩間幽けきひかりごけ

袋掛南アルプス望む町

ひとしきり山の話や冷し酒

風ひんやりと夕立のきつと来る

道教の漢字の神籤雲の峰

夜の果は朝につづく蓮の花

打水や漫ろ二之町三之町

半蔀の上げられしまま夏の夕

借景に有馬の灯り夏座敷

光琳忌古物市の白絣

山の宿一閑張の籠の百合

でこぼこに並びバス待つ登山帽

夏霧迫る石積みの避難小屋

すでに実の容を宿し蕎麦の花

今朝秋の市に荷を解く古物商

家々の棗たわわに飛騨格子
山ぶだう一粒づつの雨滴

秋袷出しては仕舞ふ夢二の忌

秋草の名を問ひ問はれ伊吹山

かけつこはいつもしんがり青蜜柑

ひとつ採りふたつ零るる零余子かな

鳴く鹿や途切れし夢のあとの闇

伐らるる木残さるる木も時雨るるよ

冬日背にして漢方の薬売

赤鼻のいよよ赤らむ神楽面

狐火やしんじつ暗き塞の神

木の匙で掬ふ蜂蜜冬うらら

混浴の湯にただひとり狐鳴く

大樏の白じろと燃ゆ朱く燃ゆ

新巻とわかる長さの荷の届く

獅子舞や大黒柱黒々と

仲見世のかけ声くぐり寒雀

仮縫ひの糸目真直に春めけり

驟雨

二〇一四〜二〇一七

縮緬のしぼの陰影春浅し

ひとひらが睫毛に重し春の雪

淡雪の湖風に融け浮御堂
棺窓密やかに閉ぢ鳥雲に

走り根は仏手のごとし地虫出づ

潮の香のはつかに立ちぬ葦の角

鉛筆の六角新た新入生

囀やひかりを集め展望台

フェルトに沈む文鎮花の冷

春雨や身ほとりのものみな無音

小さき手で甘茶の小さき杓をとる

人形の魂抜かるるを待つ暮春

春闌けて欄間に昏き鶴と亀

葉桜や如来弓手の薬壺

幕間の騒めきの中豆の飯

田水張る音に一日の始まれり

もう誰も通らぬ峠朴の花

み仏の胸板厚し鑑真忌

紫の雨むらさきの桐の花

狛犬の口赤々と梅雨に入る

老鶯や思ひ出語る形見分け

空梅雨や鉄の匂ひと潮の香と

緑蔭に集ひ作戦会議の子

白じろと玉砂利の闇夏祓

万緑の底の底なる川原石

鎖灼けゐる廃船の博物館

アザーンをかき消してゆく驟雨かな

モスクへの辻香水の量り売り

ポケットに異国のコイン雲の峰

宇宙船飛び立ちからすうりの花

土壁の藁屑あらは晩夏光

遺跡には礎石ばかりやつくつくし

秋雨のくらがり坂や鏡花の忌

帯締めの緋色きりりと鵙日和

釣宿の夕餉は早し栗おこは

蔵書の香木の香と馴染み冬はじめ

アーケード途切れし街のしぐれけり

けものらの命を宿し山眠る

一陽来復飯粒立つて炊き上がる

笹鳴や魯山人の書掲げあり

鐘衝けば山懐の冬ざるる
夜神楽の灯り漏れくる杉木立

冬日向箸にきしめん透きとほる

海のもの提げて父来る竜の玉

万両や勲記に大き璽の押さる

根のものをあまた俎板始かな

煤の香を連れてどんどの帰り道

黒御簾の動かざる影咳ひとつ

タクシーを待つ間の縁冬の月

灰捨てて雪を汚してしまひけり

大荒れのぬた場そのまま凍ててをり

廃線路辿りて京の探梅行

風花や名を呼ばれしは空耳か

無月

二〇一八～二〇一九

反り橋を封ずる紙垂やあゆの風

帯解けば息の収まる夜の梅

秦人の一戸大勢わらびの芽

石置きの屋根の連なる佐渡のどか

入学の子へしたためし仮名の文
野遊びの靴のじんわり湿りくる

つちふるや船渠に昏きイージス艦

廃坑の島の語り部呼子鳥

終バスの客ちりぢりに街朧

カッテージチーズほろほろ薄暑かな

実を結ぶことの叶はず水中花

これよりは一村も無し朴の花

錫色の空錫色の夏の川

山車倉に寄り添ふくらし夏燕

嶺はるか道に迷ふも涼しくて

楊梅や弟は国を出でしまま

砂蹴つて浜昼顔を見にゆかむ

園児みな磯の匂ひの夏帽子

風上へ船首を向けよ雪解富士

沖はるか赤き星の名持つヨット

夏草や鉄路の終の車止め

風鈴を吊りて町家のラジオ局

裸婦の絵のまこと明るし雲の峰

つくばひに沈む小石や半夏生

風知草揺れひと雨の来る気配
まっすぐに続く街並夏の雨

次は松本やをら閉づ登山地図

駒草や大きな靴とすれ違ふ

人ひとり通す岩棚滝しぶき

白木槿画家の年譜に自死の文字

遣る瀬なき一日のしまひ桃啜る

暗闇のうすやみとなる無月かな

素粒子をとらへよ飛驒の秋澄めり

かな文字のこぼれ散りさう捨扇

露の世や見事なのど仏遺し

放らるる朝刊の束霧の駅

長唄の稽古ひねもす秋黴雨

湖を見下ろす御陵秋の風

秋の虹舐むればほどの傷

小春日や彫り跡まろき菓子木型

病む人に小雪の日のやはらかし

雪蛍みづうみのこゑ聞きをれば

伊吹雺るる艾屋の人体図

説法にどつと沸くこゑ花八手

いくすぢも交はる線路霜の駅

雪吊の縄より長き縄の影

絵屏風の虎吠えさうな控の間

凍雲や墓仕舞はれしあとの野辺

初旅やどの改札を抜けようか

牌樓の一対の獅子月冴ゆる

雪しづる鳥と言葉を交はす人

わが影の吾に従順寒日和

甲斐犬の甘えてをりぬ春隣

初雪

二〇二〇～二〇二一

すつとひとり人波に消ゆ一の午

はだれ雪坐棺めきたる山毛欅の洞

色に色足せば濁れる多喜二の忌

描かざる人形の眼や春の雷

春の炉に暇申すを惜しみけり

摘草のひかりの中のうなゐ髪

枕木の小径どこまで水温む

恵那山の白く光れる椿かな

葦牙や堰の向かうの潮けむり

陰膳を温めなほす鳥曇

ゆふぐれや影濃く沈む蜷の道

林床の明るんでゐる春の雨

裏庭は山路へつづく春子かな

張りぼての象の古りたる灌仏会

初蝶のゆゑともけふの身の火照り
覗き込む桜の下の小商ひ

薄く引く刺身包丁春の宵

昨夜よりの気温き窯や鳥の恋

花万朶満たさるるとは息苦し
一夜さを花人のまま眠らせよ

雪形に父の横顔見えて来し
うららかや銀のアイロン滑らせて

胸元の小さき丸襟蝶の昼

荷風忌や印度更紗の煙草入

花文字の鳥の尾長し弥生尽

平絹の練色まだらの暮の春

高きよりはらはらと塩夏立ちぬ

結葉や詩を持ち寄る蚤の市

湖のいろ授かつて来し夏の蝶

蛇の衣第二夫人はなべて美し

油絵の匂ひのをとこ梅雨の月

かはらけのみづうみへ舞ふ梅雨晴間

明易の児に見えてゐる御霊かな
落し文だいじに燐寸箱の中

笹百合や落人を祖と唄ひつぎ
嘴から突つ込んでゆく茂りかな

香水や銀行の床戞戞と

朝曇八つ折で読む経済紙

かしづきて眼涼しき靴みがき

ゐるはずのなき七階の蛍かな

貨車行くは海鳴りに似て明易し

涼しさや渡り廊下に椅子ひとつ

大声で泣きたき夜なり髪洗ふ

夕涼やアンモナイトの渦五色

もつと撃て水鉄砲に子の寄り来

軽々と積まるる椅子や避暑の宿

轟きの絶えずして滝あらはれず
来てみれば雪渓白しとも言へず

燻製の肉吊す店避暑名残

海のいろ集めしポジャギ夏夕べ

青柿や駅降り立てば水の音

来し船はまた帰る船島晩夏

糸杉の影尖りゆく夜の秋

古池ふつと八月の息を吐く

鯊の潮八幡さまへ細き路地
木に石に水に祈らむ秋の朝

碧潭に吸ひ込まれゆく八月よ

西瓜食ぶ他人行儀な弟と

西国の満願の寺桐一葉

きちきちやゆつくり回る転車台

有明の月のてろんと剝がれさう

誰もゐぬテニスコートや桐一葉

爽やかや森のホテルのドアボーイ

秋光や旅の終はりの銅版画

澄む秋の振る手どこまで分かれ道

秋陰や詩集をおほふ硫酸紙

せつせつと妻への書簡鳥渡る

淡海にはあふみの富士ぞ秋の声

長月の雨ひたすらにまつすぐに
雪平にふつふつと粥小鳥来る

猪垣や人寄せつけぬ昼の闇

文人の名入り用箋秋深し

火恋し戯曲に美しき台詞満ち

吉言ふるかに落葉松の木の葉雨

敷松葉いろ捨ててより彩極む
返り花歌へば思ひ出す人よ

湯けむりの届く高さに冬の蜂

波音に震へて能登の白障子

初雪とつぶやく声の透きとほり

手翳せば犬の影絵や冬ぬくし

愛日の笛磨きをる蛇遣ひ

修験者を送り迎へむ冬泉

着ぐるみの口から巷見る師走

粉砂糖篩へば聖夜しんしんと

街頭に冊子売るひと日短

一行の遺言めきたる賀状来る

粥占のまづ丁寧に火を育て

別宮の長き参道草氷柱

冬菫足場組むこゑ降つてくる

冬草青し小さき稲荷を祀る家

ひとところ光を撥ぬる寒椿

かんじきの先頭行くは甲斐犬ぞ

母に手を引かれて遅刻寒すみれ

誰彼に買うて帰らむ懸想文

待春や積木の家に窓ふたつ

人日

二〇二二〜二〇二三

浅春や指にざらつく新硬貨

柵の外に繋ぐ一頭はだれ雪

バロックの真珠のをんな春寒し

たびら雪厨口から出づる下駄

中庭の鋏のひびく春の風邪

巫女舞を復習ふ少女ら梅日和

画壇には属さぬと言ふ春火鉢

東風吹くや季寄せに師の句師の師の句

ご破算の掛け声に珠をどる春

地虫出づ芳名録に大きく名

早蕨のはや出でてをり萎えてをり

雲梯の子は臍見せて苜蓿

春塵や署名乞ふ声やり過ごす

夕刊は空爆の報春疾風

古草へひとしく朝日あたりをり

まやかしの花で葺かれし花御堂

入線の灯の現るる駅おぼろ

お開きや桜湯は口つけぬまま

白じろと芥浮きたる弥生尽

襞といふ濃く深きもの春思にも

泥の手の乾ぶ八十八夜かな

山下りて八十八夜の塩むすび

海見ゆる二階奥の間夏きざす

花は葉に橋くぐるとき舟しづか

剃刀の革砥をはしる薄暑かな

小満や砂掘れば水溜まりくる

父臥して五月の逃げてしまひけり

ががんぼの沈みがちなるひとつがひ

早苗饗を終へて月下の欅かな

明易のまだ決めかねてゐる返事

泣けぬまま骨拾ひけり日の盛

老鶯や江戸道といふ小暗がり

うらがはは川鵜乱るる神の島

梅花藻の花なきところ水を汲む

縮着て明るき闇へ夫の背

平らなる牛の額や夕涼し

ここからの海見よと言ふ花蜜柑

廃校になるやも知れぬ青みどろ

老鶯や岩多ければ川烟る

外海は一直線や籠枕

漁舟ヨットレースを遠巻きに
次の皿しづかに待ちぬ夏料理

浴槽の湯の青く澄む巴里祭
尻の形凹みしままのハンモック

夜の秋炎見てゐる黙二人

おはぐろや御霊は影をもたざらむ

八月やどはかさるる心地して

新涼や鉱泉粥の塩気ほど

稲の花忌明けの軽き旅鞄

眠れぬと言うて安らか鉦叩

風筋の黒く立ちたる秋の波
広ぐれば軸の絵肌のさはやかに

月光の川面に散りて流れざる
不意の秋光地下街のひとところ

色鳥や柄を合はせて身頃裁つ

負けしこと言へず聞かれず栗おこは

朝顔の種採り分くる藍よ斑よ

鷹の羽のくつきりしたる芒かな

啼く鳥も鬼も吾も容れ霧襖

牛すでに山を下りけり草紅葉

稲刈れば田の神忽とあらはなる

抽斗の奥に抽斗杵の実

白湯吹けば言葉ほぐるる思草

鹿垣といふには美しき土塀かな

黒服の自画像に置く林檎かな

点いてゐるだけのテレビや火恋し

秋深し土へと落つるものの数多
乾ぶものの十一月の軒の端に

東西の航路違へて島小春

本閉ぢて車窓のまぶし浜千鳥

豊漁の竹瓮をすすぐその湖で

枯野とは涙乾きし頰のごと

経文の流るるごとく冬の滝

印泥にあえかなる毳冬日向

酔客のときはづ石蕗の花あかり

狐火に焼べたきものの一握り

夫には狐火見えてをらぬらし

裸木となりてつくづく日のぬくみ

貸しくるる手袋犬の匂ひして

藁を縒る手元は止めず飾売

神鶏も神馬も留守よ小晦日

采配の人もう亡くて年用意

かぐはしき御降に夢醒めにけり
人日の受賞者を待つリボンかな

除雪車の響きゐてまだ見えて来ず

杉の葉にまづ火の走るどんどかな

選ばれて牛は荷台へしづり雪

あとがき

幼いころから父に、「わが家の先祖は平家の落武者なんだ」と教えられてきました。真偽のほどは相当怪しいものですが、自分達の代で飛騨を出た両親は、毎年私と弟を連れ、祖の地に帰り、植林の手入れをしたり魂迎えの準備をしたりしていました。飛騨と言っても最北の、峠を越えれば越中に入るという山深い地でした。すでに集落の跡形もない山中の小高い丘の斜面には、石ころのような墓標が点在し、そのひとつひとつに母と花を手向けた記憶が、今も鮮明に残っています。

〈笹百合や落人を祖と唄ひつぎ〉こう詠んだ折、幸運にも「濃美」主宰・渡辺純枝先生の選評を賜りました。「……（略）私が不思議なのは、落人として都を追われた人々が、いまだに落人を誇っている事だ。その上都を懐かしむような踊りや唄まで伝えている。笹百合は次第に姿を消しつつある楚々とした花であるが、落人の人々はしっかりと後世に残ってゆくだろう」この選評で、父の小さな誇りが報われた気がいたしました。笹百合は地中で何年も芽出しを待ち、ある年突然にその姿を森の中に現します。笹百合の孤高を思い、かつての都人に重ねました。

商家に嫁ぎ、駅前の雑踏にまみれて毎日を過ごす日々にありながら、若いころから自然への回帰志向が強く、休日には野山で心を遊ばせて来ました。山河への憧憬や雪への執着、また食の嗜好など、間違いなく「飛驒びと」の血をこの身に感じ、その感覚を大切に胸に抱いてまいりました。

友人に誘われるまま「濃美」に入会し俳句と出会ったとき、それまでの自然との戯れや日々の暮しの隙間に芽生えた熱いものを、言葉にして昇華できることに驚きその作業に夢中になりました。歳時記の存在すら覚束ない初学のころから渡辺純枝先生のもとで学ぶことができたのは、本当にご縁に恵まれたことと思っております。また渡辺純枝先生のご縁を通して、「濃美」誌上で髙田正子先生、加藤かな文先生の選を受けることができましたのも、僥倖と言えましょう。とくに加藤かな文先生には、選を受けることでたくさんの示唆を与えていただき、お育ていただいたと身をもって感じております。また結社の外では、武者修行のように四年余りを、「蒼海」堀本裕樹先生にお世話になりました。これも純枝先生あってのご縁であり堀本先生にも心より感謝申し上げます。

このたび、公私ともにいろいろな節目を迎えたこともあり、句集を編むこととい たしました。初学二〇一〇年から二〇二三年までの三四〇句の選を渡辺純枝先生、加藤かな文先生にお世話になりました。それに際し、加藤かな文先生より「句集を出すことによって、それまでの句をすべて捨てないと、新しく始めることはできません」とのお言葉を頂き、まさしく新たな一歩を踏み出すための第一句集なのだという思いを強くいたしました。加藤かな文先生には深く心に触れる序文を頂き、自分では気づかなかった自己の基軸にまで光を照らしてくださいましたこと、身に余ることと厚く御礼申し上げます。そして渾身の帯文でわたくしをここまで導き、描いてくださいました渡辺純枝先生には、胸を熱くしております。本当にありがとうございました。未知の「私」を求めて新しい扉を開けることを、遠つ祖が背中を押してくれそうです。

最後に、ご縁を頂きましたすべての皆様に心より感謝申し上げます。

令和六年早春

関谷恭子

著者略歴

関谷恭子（せきや・きょうこ）

1963年6月　岐阜県神岡町（現・飛騨市）生まれ

2010年　「濃美」入会
2017年　「濃美」同人
2018年　「蒼海」入会
　　　　創刊より19号まで参加後退会
2023年　濃美同人賞「第一回長良賞本賞」受賞

俳人協会会員

現住所　〒501-0118　岐阜市大菅北16-11-207

句集　落人　おちうど

二〇二四年二月二八日　初版発行

著　者——関谷恭子

発行人——山岡喜美子

発行所——ふらんす堂

〒182-0002 東京都調布市仙川町一—一五—三八—二F

電　話——〇三（三三二六）九〇六一　FAX〇三（三三二六）六九一九

ホームページ https://furansudo.com/　E-mail info@furansudo.com

振　替——〇〇一七〇—一—一八四一七三

装　幀——君嶋真理子

印刷所——日本ハイコム㈱

製本所——㈱松岳社

定　価——本体二八〇〇円＋税

ISBN978-4-7814-1636-6 C0092 ¥2800E

乱丁・落丁本はお取替えいたします。